찰코의 붉은 지붕

저자와
협의하여
인지 생략

찰코의 붉은 지붕

지은이 | 시 • 정두리 그림 • 정말지 수녀
펴낸이 | 一庚 張少任
펴낸곳 | 답게

초판 발행 | 2006년 4월 23일
3 쇄 발행 | 2006년 6월 10일

등 록 | 1990년 2월 28일, 제 21-140호
주 소 | 137-834 서울시 서초구 방배4동 829-22호 윈빌딩 201호
전 화 | 02)596-0464 · 02)537-0464(영업관리팀)
           02)532-4867 · 02)591-8267(편집기획팀)
팩 스 | 02)594-0464
홈페이지 | www.dapgae.co.kr
e-mail | dapgae@chollian.net, dapgae@korea.com

ISBN 89-7574-208-3 03810

찰코의 붉은지붕

시 정두리 · 그림 정말지 수녀

도서
출판 답게

'찰코'의 노래를 펼치며

　멕시코의 작은 도시 찰코, '소녀의 집'에 갔던 날을 기억합니다. 크리스마스와 방학을 앞 둔 때여서 곳곳에 한껏 모양을 낸 츄리와, 교실 유리창에도 예쁜 장식을 해 놓은 소녀들의 재잘거림이 들리던 그 곳. 누가 그들이 감당하기 어려운 가난과 결손가정에서 자라온 어두운 아이들이라고 여길 수 있었을까요? 마냥 맑고 밝게 생활하는 그들의 모습은 보는 이에게 감동과 감사를 느끼게 했습니다.

　넓은 교정 구석구석 수녀님들의 정성이 깃들지 않은 데가 없는 그 곳에서 소녀들은 그렇게 새로이 변화되고 있었습니다.

　"내가 할 수 있는 것은 무엇일까!" 누구라도 그런 마음을 갖게 하는 '소녀의 집'에서 제가 할 수 있는 일을 찾았습니다.

　그건 그들을 위한 시(詩)를, 노래를 부르는 일이었습니다. 여기 실린 시가 굳이 '찰코'에서만 불러야 하는 노래여야 할까요?

　소녀들은 이미 알고 있습니다. 이 세상 어디서나 햇살은 따사롭고, 피어나는

꽃과 별빛은 가슴을 열게 하고, 또 사랑으로 사람다워 질 수 있다는 것을요. 아름 다움은 땅을 구분하지 않는다는 것 까지도.

　"안녕하세요!" 종달새 같은 목소리로 인사를 합창하던 소녀들, 그들의 가슴 에 퍼 내어도 고이는 정령이 깃들기를, 정말지 수녀님의 그림으로 힘을 얻게 된 저의 시(詩)가 여러분께 즐겁게 다가 가기를 기원합니다.

　이 시집과 함께 하는 모든 분께 기쁨과 감사의 노래를,

　'오뜨라 오뜨라(Otra! Otra!) 제가 배운 서툰 말로 인사 드립니다.

정 두 리

찰코의 붉은 지붕 아래에는

가족이 없거나, 가족이 있어도 가정 환경이 어려워 공부를 계속 할 수 없는 처지의 소녀들이 누구보다도 용감하고 영리하고, 예쁘고 밝게 미소 지으며 살아 가고 있습니다. 이 곳에는 4,000명이라는 많은 숫자의 멕시칸 소녀들이 중·고등학교 과정 5년이라는 시간을 함께 하며 지내다가 졸업을 하면 눈물과 미소가 섞인 희망을 안고 학교를 떠나고, 그 자리에는 전국의 이름없는 마을에서 맨발로 뛰어 다니던 소녀들이 공부할 수 있다는 기쁨을 안고 들어 옵니다.

찰코 '소녀의 집'에는 큰 건물의 실습실과 실내 수영장, 양궁장 그리고 대형 체육관보다 더 아름답고 소중한 생명들이 스스로를 밝혀 이웃과 마을과 사회와 세계를 변화 시켜나갈 준비를 하고 있습니다.

그 소녀들의 집안에 울려 퍼지는 웃음과 노래, 그들 마음에 조용히 물들어 가는 그리움과 사랑, 더불어 살아 가면서 서로 나누어야 할 선의의 포기와 용서와 오래 참음과 상냥한 배려… 이런 잔잔한 그들만의 이야기가 정두리 시인의 엄마 같은 목소리로 이 책을 통해 엮어 졌습니다. 그리고 이 곳에서 15년이라는 세월

의 삶을 녹여내고, 그 안에서 참 사랑을 배우고, 이별도 배우고, 완성을 향한 지름길 까지도 찾아낸 제가 이 소중한 이야기를 그려내고 색깔 칠할 수 있어서 행복했습니다. 화가도 아니면서 시인의 마음을 읽고, 그림으로 표현하는 일이 쉽지 않았지만, 소박한 아이들과 멕시코와 수녀회를 통한 나의 소명을 너무나 사랑하기에, 일년이라는 시간 동안 이루어 온 이 작업은 기도와 묵상의 시간이 되기도 했습니다. 아이들의 삶을 칠하고 생명을 불어넣는 일을 할 수 있도록 기꺼이 허락해 주신 총 원장 수녀님과 수도회의 어른들, 그리고 이 60점의 그림에 매달리는 시간 동안 즐겁고 가볍게 저의 다른 짐들을 나누어 져주고 기도해 주신 우리 수도회의 형제들, 특히 찰코 공동체의 수녀님들께 감사 드립니다.

끝으로 이 소녀들의 이야기를 읽는 많은 이들의 영혼이 맑게 헹구어지고, 우리는 우리가 가진 것을 조금씩 나눔으로써 날마다 더 하느님을 닮아가고 날마다 더 세상을 맑혀 가고 있음을 체험할 수 있기를 기원합니다.

정 말 지 수녀

차 례

8

차 례

차 례

차 례

차 례

차 례

운동화 말리는 날

운동화 박박 씻어 햇볕에 세웁니다
내 발이 담겼던 자리에 바람이 왔다 가고
햇볕 한 주먹은 아직 그대로 남았습니다
내 발이 시릴까 데워 놓고 가려고요.

🌹 〈소녀의 집〉에는 매주 토요일을 운동화 씻는 날로 정했습니다. 운동화 색깔은 학
년별로 구분합니다.

원추리 꽃

땅에서 피는 원추리 노랑 꽃은
세상 어디서나 똑 같습니다
서너 밤 자고 나면 부끄러이 돋아나는
그 푸른 기운까지 모두 닮았습니다.

〈소녀의 집〉 마당에는 원추리 꽃이 많습니다.
저들끼리 여기저기 옮겨 가면서 노랑노랑 끝임없이 꽃을 피웁니다.

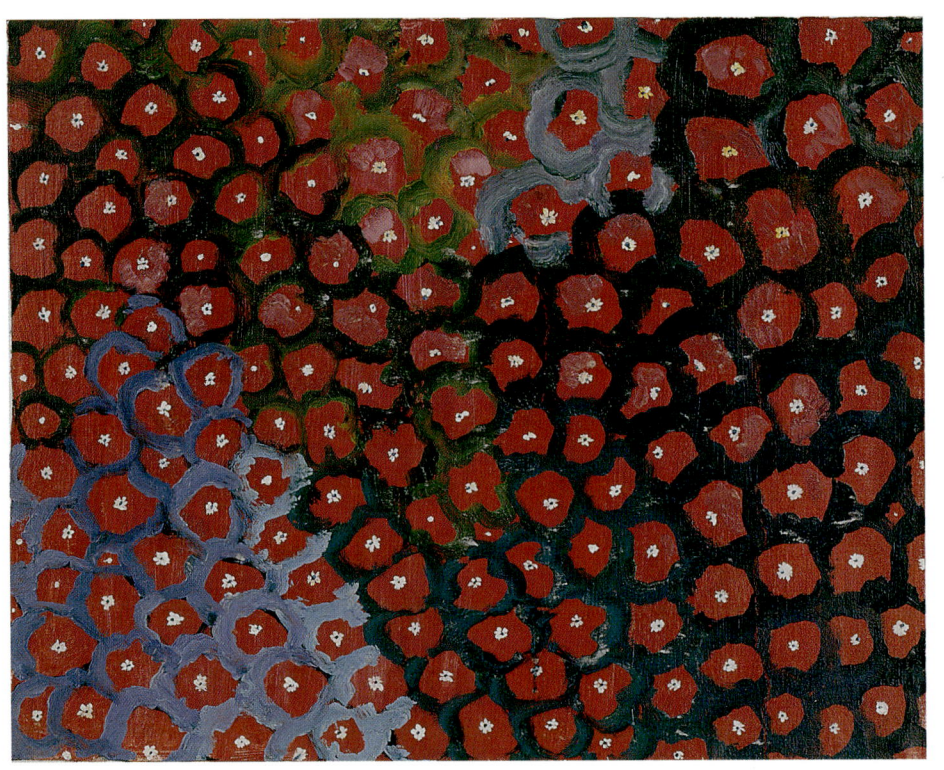

부간빌리아

누군가 하루 종일 꽃을 만들어 달았습니다
가지가 휠 듯이 달린 자주색 꽃 부간빌리아
이렇게 가득한 꽃을 가까이 보면 어지럽습니다
나는 한 송이 작은 꽃이 되고 싶습니다.

부간빌리아는 얇은 자주색 종이로 접어 만든 종이꽃 같은 꽃입니다.
멕시코를 화사하게 만들어 주는 꽃입니다.

밥

도띠아 석 장, 우리들의 밥입니다
둥그런 도띠아 먹고, 둥글게 말아서 먹고
그 속에 말하지 못한
내 꿈의 씨앗을 양념으로 넣었습니다.

도띠아는 옥수수 전병입니다. 멕시코 사람들의 기본적인 음식입니다.

달 밤

이런 밤, 보고 싶은 사람을 불러내고 싶어요
"널 좋아 해" 부끄럼 타는 목소리
달빛 아래 내 마음 마알갛게 닦아
구김없이 활짝 펼쳐 놓고 싶어요.

달 밝은 밤.
소녀들의 마음에도 달빛이 감깁니다.

파도야

달려 온다, 거침없이 내게로 온다
네 기운이 두려워 뒷걸음으로 물러난다
"싸아 처얼썩" 알아 들을 수 없는 네 말
하얀 레이스 자락을 남기며 이젠 날 떠나가는구나.

바다를 처음 보는 소녀가 있습니다.
수평선과 파도, 소녀의 가슴은 떨렸습니다.

가난

이렇게 햇살이 따뜻하면 외롭지 않아 좋다
목덜미에서 금실처럼 빛나는 햇살
나는 가난하지 않다
따뜻함이 힘이 된다.

🌹 가난이 습관이 된 소녀들은 따뜻한 햇살을 선물로 받을 줄 압니다.

포인세치아

진빨강색 포인세치아
노오랑색 포인세치아
널 보면 생각나는 써 놓고 부치지 못한
크리스마스 카드 한 장
멀리 있어 더욱 그리운 친구,
떠 올리면 가슴부터 따뜻해지는 내 친구야.

🌹 포인세치아는 스페인 말로 '크리스마스 이브'라고 부릅니다.
키가 커다란 고목 같은 포인세치아도 볼 수 있습니다.

선인장

아들 둘 무동 태우고
어린 아기는 품에 안고
그래도 못 채워 가시로 돋아나는 기운
어느새 앞 뒤로 가득가득 거느린 식구
선인장 가족.

식용선인장 볶음 요리는 소녀들이 좋아하는 음식입니다.
선인장의 가시는 부드럽습니다.

누에의 잠

살갗에 감겨드는 비단 옷 한 벌
누에의 긴 잠 속 꿈을 뽑아 지은 옷
누에야, 너는 잠 자는 동안에도
사람에게 줄 너울을 품고 있었구나.

🌰 〈소녀의 집〉에는 1500그루의 뽕나무가 자라고있습니다. 곧 비단이 되어 줄 고마
운 나무입니다.

무지개

하늘에 걸린 아름다운 활 하나
시위를 당겼어요
천궁 속으로 나를 띄워요
눈이 부셔 오래 바라보기 어려워요
아, 눈길이 머물기 전에 스며버린 무지개.

양궁은 소녀들이 배우는 스포츠입니다.
전국체육대회에 나가 입상도 했습니다.

함께 부르는 노래

내 목소리 어긋나면 안 되고
네 목소리도 튀어나면 안 된단다
우리의 소리는 둥글고 맑게
하나가 되어야 해
함께 부르는 노래는
마음을 다듬어 내는 일이야.

소녀들의 합창은 맑고 아름답습니다.
함께 하는 노래가 어렵다는 걸 배우게 됩니다.

자두 꽃 그늘

세상의 꽃은 모두 열매를 매답니다
열매를 위해 꽃은 한껏 부풀어 갑니다
자두 꽃은 꽃 그늘을 만들어 놓고
꽃의 그림자까지 하얗게 닦아 놓았습니다.

🌹〈소녀의 집〉 과수원에는 사과, 복숭아, 살구 등 여러 종류의 유실수들이 잘 자라
고 있습니다.

만개의 빵

배가 고프면 생각까지 멈춰지는 것 같아
아무 생각도 안 나는 텅 빈 마음
빈 마음 채워주기 위해 만개의 빵을 굽는다
다시 움직이고 달리게 하는 내 몸과 같은 빵.

🌹 〈소녀의 집〉에서는 하루에 만 이천 개의 빵을 구워 냅니다.
  빵은 소녀들의 몸과 마음을 키웁니다.

눈물은

웃음은 하늘로 날려 보내지만
눈물은 가슴에 고입니다
우리 몸을 돌아 나오는 것 중에서
가슴에 고였다 나온 눈물만
맑고 따뜻합니다.

🌹 가끔 보게 되는 소녀의 눈물.
　눈물은 꼭 슬퍼 흘리는 것은 아니랍니다.

파드득 나물

까만 씨앗 하나에서 싹은 틔워집니다
햇빛이 다독이고 물방울이 쓰다듬고
우리 손에서 연초록 이파리가 파득입니다
사람들이 나누어 가질 푸른 기쁨입니다.

소녀들이 키운 갖가지 채소들은 원하는 사람들에게 전해 집니다. 청청채소여서
인기가 높습니다.

45

왕자 화산

두 해 전 왕자 화산에서 불기둥이 솟았습니다
땅이 흔들리고 하늘도 잠시 내려 앉았습니다
가슴에 품고 살다가 터트린 산의 울부짖음
참을 수 없을 땐 산도 제 가슴을 치게 되나 봅니다.

〈소녀의 집〉 가까이에 활화산인 '왕자 화산'이 있습니다.
전해져 오는 눈물겨운 전설도 있습니다.

머릿 내음

머리를 감고 빗질을 합니다
한 가닥으로 묶은 꽁지머리
가지런한 단발머리
우리 방에 들어오면 맡을 수 있는
지분 냄새 닿지 않은
어린 감잎 냄새.

🌰 소녀들은 학년별로 머리형이 다르지만 새카만 머리 색깔은 모두 같습니다.

민들레

사과나무 아래 조그만 둔덕
여기는 우리 땅, 한 뼘 땅도 넓어요
머리에 이고 있는 민들레 터럭 씨앗
훨훨 바람 타고 하늘까지
하늘 보다 더 멀리 날아 갈 수 있어요.

🌰 씨 뿌리지 않았음에도 민들레가 노랑 무늬를 만들며 들판을 수 놓고 있습니다.

코스모스의 노래

하느님이 제일 먼저 만드신 꽃이랍니다
하늘 향해 마냥 고갯짓 그치지 못하는
색색으로 피고 지고 제자리 지키는 날 보세요
제가 꽃다이 어여쁜가요,
얼마큼 마음에 드시나요?

🌰 코스모스는 멕시코가 원산지라고 합니다.
〈소녀의 집〉 마당에도 코스모스가 핍니다.

만약에

내가 널 만나지 않았다면
서로의 눈빛을 읽지 못했다면
아니, 널 좋아하지 않았다면
우리는 그리움을 모르고 살았을 테지.

'만약'이라는 단어를 어떻게 생각하나요?
가끔 그 말이 주는 상황을 짐작해 보는 일은요?

태권도 시범

기운을 모우고 모아서
온 몸을 누르고 뭉쳐 나오는 소리
야아앗 야아앗
뛰어오르고 날으며 격파
한 곳으로 모여져 드러나는 당당한 힘
강하고 아름답다.

태권도를 배우는 소녀들, 체육관이 울리는 기합소리
건강한 아름다움을 봅니다.

레모네이드

얼음 띄운 레모네이드가 좋아
내 친구는 안다
목마름 때문만이 아니란 걸
서늘하고 차가운 여유
나를 식혀주는 산뜻한 한 잔의 물.

🌹 레모네이드 한 잔을 마시는 시간, 소녀의 기쁨입니다.

앵무새의 말

네가 하는 말에 손뼉을 쳐 주마
옳은 말 바로하기 쉬운 일 아니거든
용기 있게 제대로 하기 쉽지 않거든
지금부터가 시작이야,
아직은 버럭 질러대는 서툰 네 말이지만.

🌹 〈소녀의 집〉에 앵무새가 살고 있습니다.
　 앵무새 말은 수녀님이 알아 듣습니다.

사탕수수밭에는

구름처럼 피워낸 사탕수수 꽃
수우슈우 넓은 들을 가르고 돌아 온
숨어 부는 바람이 내는 휘파람 소리
수숫대 흔들리면 쟁여지는 단물 나는 맛.

끝이 보이지 않는 사탕수수밭을 보았습니다.
소녀들은 모든 게 신기할 뿐입니다.

거미의 집

하룻 밤 사이 세상에서 제일 아름다운 집을 지었어요
바람은 걸림 없이 미끄러져 나가고
이슬 방울은 차양으로 매 달았어요
가볍게 일렁이며 해먹 탈 수 있는 집
우리 집은 빗장을 달지 않았답니다.

소리 소문 없이 거미가 집을 지었어요
거미는 세상에서 제일 멋진 건축가랍니다.

조각보와 퀼트

한 뜸 한 뜸 누비고 이어가고
조각끼리 짝을 만들고
바늘에 실을 꿰어 마음을 맞춰 간다
흩어진 마음을 잇는 일은
내 마음을 조각내지 않는 일
그 걸 꿈 꾸는 일.

🌹 소녀들이 만들어 내는 퀼트와 조각보는 많은 사람들의 칭찬을 받습니다.

끈끈함

누군가 날 붙잡고 있어요
자꾸 돌아보게, 생각나게 만들어요
보이지 않으면서 날 잡아 당기는 힘
나 아닌 다른 이를 생각하게 하는
이런 맘, 어여쁜가요?

🌹 사춘기의 소녀들 중에는 그리움을 아는 소녀들도 있습니다.

물, 물소리

시냇물은 그 속에
모난 돌을 품었기에 맑은 소리를 낸다 했어요
돌 돌 돌, 돌을 굴리느라고
물은 가슴에 얼마나 홈이 패었을까요?
그러고도 맑을 수 있는 물, 물소리.

🌹 소녀들의 웃음소리도 맑은 물소리와 닮았습니다.

소나기

마당의 성모 마리아도 소나기를 맞는다
금세 찻길이 머리 감은 듯 검게 젖었다
와락 쏟아내고 마는 하늘의 눈물이 그치기를
우리 모두 우두커니 기다리는 여름 한낮.

울고 나면 속이 후련해지는 기분
하늘도 그럴 때가 있나 봅니다.

귀한 것

손으로 잡을 수 없어 별입니다
어루만지기도 아까워 꽃잎입니다
보이지 않아도 보이는 것 믿음입니다
미더운 그가 내 마음에 자리 잡았습니다
그것은 사랑입니다.

🌹 소녀들이 알고 있는 '귀한 것'은 많습니다.
　 모두 아름다운 것들입니다.

오늘과 내일

사람들은 내일에다 꿈을 건다
꿈 꾸기 위해서 내일이 필요하다
오늘을 바탕으로 딛고 서는 내일
내 짐이 무거우면 살짝 내려도 좋은 오늘.

🌹 내일이 있다는 것에 대해 감사합니다.
  소녀들의 내일은 분명 오늘보다 아름다울 것이니까요.

동방박사의 날

하늘에다 소원을 빌기 전에
동방박사에게 물어 봅니다
내 소원 들어 줄 수 있어요?
너무 욕심 낸 건 아닌가요?
그렇게 조심스런 소망은 어여뻐
동방박사가 들어주는 은총의 날.

1월 6일,
멕시코의 어린이들이 제일 기다리는 날.
받고 싶은 선물을 적어두면 동방에서
온 박사들이 그 선물을 줄 것이라 기다리는 날입니다.

누운 아기별 꽃

네 가까이엔 맑은 공기가 고여있는 것 같아
작아서 예쁜, 오래 보면 눈물 날 것 같은 꽃
우린 모두 알아, 네가 작은 얼굴로 꽃 피울 때
둥둥둥 힘 내라, 지켜 본 이 있다는 걸.

🌹 별처럼 자그만 꽃이 은하수처럼 피었습니다.
〈소녀의 집〉마당에 내려온 별입니다.

유카리스 나무

담장 밖에서 긴 목으로 넘보고 있는 게
유카리스 너 였구나
우리들 노래 듣고
'띨링고링고' 춤도 보고 싶었다고?
쑤욱쑤욱 네 기운 닮아 올해도 요만큼
우리도 키를 키우고 싶단다.

🌹 담장 밖, 키 큰 유카리스 나무
　소녀들도 그렇게 자라고 싶어 합니다.

작은 새

욕심없는 마음을 가진 이는
새가 되어 가벼이 날 수 있습니다
어진 이는 작은 새가 되어
홀홀 날아 언덕을 지나고
호잇호잇 노래 부르며
기쁨으로 더 가벼워져서 돌아 옵니다.

〈소녀의 집〉 작은 새는 데레사 수녀님이십니다.

수국

하나가 여럿 되어
여럿이 모여 하나되어 핀 꽃
혼자 못하는 일, 함께 해내고
모두 방글 웃음까지 소복한 얼굴
우리는 홀로이지 않아 어여쁜 꽃.

🌹 수국을 모르는 이 없겠지요?
웃음이 탐스러운 꽃.

내게 온 감기

이불 밀어버린 사이
그 참에 들어 온 감기
난 너와 친해지긴 싫은데
목을 간질이고 코를 들썩이며
자꾸만 저를 보란다
그냥 쉬면서 놀자고 한다.

🌹 감기가 〈소녀의 집〉을 들썩이게 합니다.

가을, 마가목

마가목에 달려 있는 붉은 열매는
겨울,봄, 여름 견디어낸
나무가 받은 선물이어요
가을볕 아래 구슬되어
붉게 붉게 엮어지고 있어요.

🌹 마가목의 붉은 열매는 가을과 함께 빛나고 있습니다.

말가리따

흙이 하는 일 중에
꽃을 피우는 일이 그 중 으뜸이다
하얀 말가리따 꽃이 피어있는 뜰은
입 가리며 웃는 흙의 웃음소리
뜰 안에 가득하다.

🌹 말가리따(마가렛) 꽃은 소녀들이 좋아하는 꽃입니다.

시스터에게

검정 고무신보다
앞서가는 바쁜 걸음
늘 미소 띤 환한 얼굴
두 귀를 열고 소녀들의 작은 얘기까지
모두 듣고 손 잡아 주는
오, 우리의 시스터 변함없는 친구
영원한 우리의 어머니
당신이 없었다면 우리는 불행조차 몰랐을
작은 소녀들
찰코의 붉은 지붕 아래

퍼 낼수록 고이는 웃음을 주신 분
당신처럼 살고 싶다는 마음을
깨닫게 한 이
우리의 시스터, 우리의 사랑.

🌹 '시스터'는 소녀들을 가르치고 돌보는 수녀님이십니다.

한련화

물방울 굴리는 또렷한 잎을 눈여겨 주세요
저절로 타고 난 꽃잎의
부드러운 주름을 보시구요
꽃등인양 부끄럼 타는
귤빛 꽃잎까지 헤아려 주세요.

한련화 꽃잎은 먹을 수 있다지요?
순하고 여린, 예쁜 꽃입니다.

강낭콩 붉은 꽃

받침대 타고 올라, 큰 숨 쉬고 활짝 핀 꽃
그런 다음 조로롱 콩을 매답니다
피어라, 붉은 콩꽃
여물어라, 붉은 강낭콩.

〈소녀의 집〉에는 강낭콩 밭이 있습니다.
붉은 콩꽃은 너무 예뻐 소녀들의 눈길을 끕니다.

발

하루 종일 너, 힘들었지?
몸을 받치고 또 움직이고
네가 아니면 내가 어찌 걸을 수 있겠니?
내가 아니면 너도 움직일 수 없을 테지?
두엄 냄새 나는 발, 두 손으로 닦아주고
쓰다듬어 주리라.

🌹 발은 참 고맙지요.
　　고생했다 쓰다듬어 주어야지요.

지구

내가 살고 있는 땅의 뒤편에도
나 같은 사람이 살고 있겠지?
바르게 살겠다는 생각
예쁘고 싶다는 마음, 가끔 게으르고 싶은
숨어있는 마음까지 닮은 사람
누굴까, 보고 싶다.

내가 살고 있는 지구의 반대편엔 누가 살고 있을까?
가끔, 그런 생각을 해 볼 때가 있어요

귀

좋은 말은 듣고
나쁜 말은 귓바퀴에 걸어라
바람이 알고 와서 걷어가 버리게

바른 말은 듣고
어긋나는 말은 정수리에 얹어라
슬그머니 떨어져 흙 속에 묻히게.

🌹 귀가 두 개인 것은 잘 듣고 새기라는 뜻일 테지요?

나비야, 나비야

나비, 잡지 마세요
날개가 꽃입니다
나비야 나비야, 불러 주세요
어디선가 냐아옹 대답할 거예요.

🌸 봄에 처음 보는 흰나비는
   멀리 간 누군가의 소식이라지요?

해바라기

오로지 한 마음
해를 따르는 해바라기
난 그렇게 못해,
누굴 좋아한다네
남들이 알아 버릴까 봐.

🌺 해바라기를 올려 보는 동안
　내 얼굴도 꽃을 닮아 빙글빙글 동그랍니다.

미안해, 미안해

너의 뒷모습에 외로움이 스며 있었어
또 다른 네 얼굴이 고개 숙이고 있었지
내게 하고픈 말, 열어 놓고 싶은 마음
몰라준 일 미안해
널 알아 주지 못한 일
정말 미안해.

🌹 미안해 하는 마음은 사랑의 기본이 되는 착한 마음입니다.

장미

너를 만지려고 손을 올렸다가
감싸듯 두 손 모우고 가만히 멈춘다
아름다운 것 보다 더 고결한 아름다움
시드는 꽃이어서 아름다운 장미야.

장미는 가시가 있어 귀한 꽃이라 합니다.
세상 어디서나 아름다운 장미.

카라

빌로드 같은 꽃잎

우뚝한 꽃대

정결한 하얀 꽃

꽃향기는 숨겼습니다

그대로 오래 그대 곁에 있겠습니다.

🌸 카라는 멕시코의 꽃,
　어디서나 볼 수 있는 친근한 꽃입니다.

작은 성城의 달빛

보고픔을 접어 두고 기다립니다
그리움을 내려 놓고 기다립니다
작은 성城에 머물던 달빛은
새벽 하늘에 얼굴을 묻으며
이제 천천히 길을 떠납니다.

〈소녀의 집〉에는 오랜된 벽돌탑 두 개, 작은성(城)이 있습니다.
그 곳에서 누군가를 기다리는 달빛을 보았습니다.

푸른 곰

동글한 두 눈 그대로, 볼록한 몸 그대로
앞 발 올리고 섰는 편백나무로 다듬어진
나는 푸른 곰이예요
우리 동물원에 놀러 오세요
따사한 햇빛과 빗방울이 날 키웠어요
그리고 당신의 손길이예요.

〈소녀의 집〉마당에는 나무로 키워지는 동물나라가 있습니다.
'푸른 곰'은 그 동물원의 식구입니다.

종이접기

우리가 접는 것은 종이가 아닙니다
기다림을 접어 꽃을 만들고
꿈을 다듬어 집을 세웁니다
작은 것부터 해낼 수 있으니
이제 무엇이라도 잘 할 수 있어요.

🌹 소녀들이 배우는 종이접기,
   그 곳에도 예쁜 꿈은 자라고 있습니다.

늘

언제나 아껴주는 마음
그래서 변함없이 미더운 마음
쉽지 않고 어려운, 어려워서 꿈꾸게 되는 말
'늘' 그 말을 품어라 기억하라.

🌹 '늘 새롭게', '늘 똑같이'
소녀들은 그 마음으로 공부합니다.

클라라

네 이름처럼 밝게 빛나는 얼굴
눈이 먼저 웃는 햇귀 같은 미소
내 마음 속 제일 맑은 곳에다
널 담아 두고 싶다, 아끼고 싶다.

서로 아끼고 챙겨주는 소녀들의 우정은
참으로 어여쁩니다.

어머니

내 가슴에 안긴 아가야,
눈물을 감추지 말아라
네 설움을 보는 나는 아프구나
내 눈물은 보일 수 없어 더 서럽구나.

🌹 소녀들은 학교생활을 위해 어머니와 헤어집니다.
집을 떠나 본 적이 없는 그들의 이별은 눈물겹습니다.

레이스 뜨기

레이스를 뜬다
코바늘에 엮고 걸어서
만들어 지는 또 다른 세상
그 곳은 어긋나지 않고
구겨지지 않는 세상이 된다
그 나라 만들어 놓고 느긋하게 잠이 든다.

🌹 레이스 뜨기는 소녀들이 좋아하는 과목입니다.
여럿이 어울려서 큰 작품을 만들어 냅니다.

에네껜

뜨거운 햇볕을 견디는 꼿꼿한 몸
톱날 가시까지 만들어 기다렸다가
그만하면 되었다 싶을 때 베어져
종이가 되고 비누가 되고
기분을 풀어주는 술이 되는 너.

한국에서는 용설란으로 불리는 에네껜,
어느 한 쪽 버릴 것 없는 유익한 식물입니다.

꽃다발

크고 작은 꽃 섞여야 보기 좋아

부드럽고 진한 색깔 어울리게 하고

푸른 잎사귀도 꽃이 될 수 있어

이제 한마음이 된 꽃다발

꽃을 만진 내 손엔 향기만 남았네.

꽃의 나들이, 꽃다발입니다
누군가의 품에 안길 꽃다발은 행복합니다.